O JOVEM DE BEM
e outras histórias do cotidiano...

Luis Roberto Scholl

FEDERAÇÃO ESPÍRITA DO RIO GRANDE DO SUL

Copyright © 2019 by
Federação Espírita do Rio Grande do Sul - FERGS

Autor:
Luis Roberto Scholl

Gerência Editorial:
Roseni Siqueira Kohlmann

Supervisão Editorial:
Maria Elisabeth da Silva Barbieri

Capa:
Cláudia Regina Silveira Faria

Projeto Gráfico e Editoração Eletrônica:
Cláudia Regina Silveira Faria

Revisão:
Paulo Cichelero

Livraria e Editora FERGS
Travessa Azevedo, 88
Fone (51) 3224.1493
90220-200 Porto Alegre, RS, Brasil
gerenciaeditorial@livrariaspinelli.com.br
www.fergs.org.br

Impresso no Brasil / Printed in Brazil

Scholl, Luis Roberto
    O jovem de bem e outras histórias do cotidiano.../Luis Roberto Scholl
1ª.ed. - Porto Alegre:FERGS, 2019.

16x23 cm. ; il. ; 88 p.
Tiragem: 1.000 exemplares

1. Espiritismo. 2. Filosofia. 3. Moral. II. Título

ISBN: 978-85-7130-016-3

O JOVEM DE BEM
e outras histórias do cotidiano...

1. O valor de um bom conselho 9
2. Quero ser livre! 12
3. O quadro perfeito 16
4. O presente 20
5. Na riqueza e na pobreza 24
6. Meu nome é Tiago 27
7. O homem dos meus sonhos 32
8. O regresso de Anacleta 37
9. História da pasta de dentes 40
10. A cadeira na praia 44
11. As viagens 49
12. Um dia diferente 53
13. Linguagem do afeto 58
14. Traição 62
15. Com quem você anda? 67
16. O jovem de bem 71
17. Olhos castanhos, olhos azuis 76
18. Um presente do coração 81

O JOVEM DE BEM

e outras histórias do cotidiano...

Luis Roberto Scholl

FERGS
FEDERAÇÃO ESPÍRITA DO RIO GRANDE DO SUL

Prefácio

Cara amiga, caro amigo,

Este livro está repleto de histórias. Histórias ouvidas, lidas, contadas, vividas, imaginadas, todas que, de uma forma ou outra, tocaram fundo meu coração, me emocionaram e serviram como base para profundas reflexões e ensinamentos para a vida...

Ao meditar nestas histórias, com base nos princípios espíritas, tudo se torna mais claro, facilitando a escolha do caminho que devemos seguir. Por isso, para auxiliar, colocamos alguns comentários pessoais e algumas informações que encontramos nas obras fundamentais da Codificação Espírita, procurando ver o olhar de Allan Kardec e dos Espíritos Superiores sobre o tema tratado. São apenas lembretes para que busquemos no estudo da própria obra a profundidade do assunto.

Ofereço estes pequenos relatos para que possas também refletir e aproveitar, através das experiências dos outros, todo ensinamento para a tua vida – afinal, dizem que isso é SABEDORIA!

Agradeço por participar, disponibilizar e confiar teu tempo à leitura deste livro!

Lembre-se: estamos todos juntos nesta jornada. Se em algum momento ficares desanimado, que seja por breves instantes, continua a marcha! Como diz a frase: se você se sentir cansado, aprenda a descansar, não a desistir!

Um grande abraço,

Luis Roberto

O valor de um bom conselho

Quando eu estava no colégio, havia uma garota que se considerava minha inimiga, cuja missão parecia ser a de descobrir todos os meus defeitos. Pior que isso: tinha que alardeá-los a todos na escola. Semana após semana a sua lista ia aumentando: dizia que eu era magra demais, não era estudiosa, falava muito e alto, era convencida, etc. Aguentei o quanto pude até que, um dia, chorando de raiva, procurei meu pai para queixar-me:

Ele ouviu o desabafo, depois perguntou:

— As coisas que ela diz são verdadeiras?

Verdadeiras? Que tinha a verdade a ver com isso? Eu queria saber como lhe revidar – pensei, indignada.

— Maria, você nunca procurou saber como é realmente? Bem, agora você tem a opinião dessa moça. Faça uma lista de tudo o que ela disse, assinale os pontos verdadeiros e esqueça o resto.

Isso lembra muito a resposta de Santo Agostinho quando Allan Kardec pergunta qual o meio prático mais eficaz que tem o homem de melhorar nesta vida e resistir à atração do mal: "Conhece-te a ti mesmo", diz o filósofo, para completar em seguida, mostrando como ele fazia quando ainda estava vivo na Terra. Vale a pena saber como ele fazia lendo as questões 919 e 919-a de O Livro dos Espíritos.

Fiz como ele disse e descobri, com surpresa, que mais ou menos a metade das coisas era verdadeira. Algumas delas eu não podia mudar (como a minha magreza, por exemplo), mas havia muitas que eu podia e, para minha própria surpresa, eu desejei mudar. Pela primeira vez na minha vida eu tive uma visão bem objetiva de mim mesma.

Levei a lista a meu pai. Ele se recusou a vê-la.

— Isso é para você mesma — disse. — Você saberá melhor do que ninguém a verdade a seu respeito, uma vez que a ouça. Mas você precisa ouvir, não tapar os ouvidos, irritada ou magoada. Quando alguma coisa dita a seu respeito for verdadeira, você saberá. Ela fará eco dentro de você e, se for esperta, se modificará no que for necessário.

Aquelas palavras me fizeram um bem enorme, mas havia dentro de mim algo que me incomodava: não me parecia justo que a minha inimiga escapasse impunemente da situação.

— Continuo achando que não é bonito da parte dela falar de mim na frente de todo o mundo – objetei.

— Maria – contemplou calmamente meu pai –, há formas de fazer com que nunca mais falem a nosso respeito, nunca nos critiquem... É não dizer nada, não fazer nada. Naturalmente, em consequência disso, você não seria nada. Você não gostaria disso, não é?

Desde então compreendi que tanto a crítica como o elogio devem primeiramente passar pelo crivo da nossa razão para, somente então, serem aceitos ou rejeitados, eliminando o risco de nos deprimirmos ou envaidecermos em demasia.

É interessante que Santo Agostinho afirma que "o conhecimento de si mesmo é, portanto, a chave do progresso individual" e Kardec comenta, nesta questão, a importância de interrogar com mais frequência a nossa consciência para ver quantas vezes falimos por não examinar com atenção a natureza e o que move os nossos atos...

Quero ser livre!

Lilian era uma menina que aspirava por liberdade. Desde muito pequena tinha suas próprias opiniões sobre diversos assuntos: a roupa que usava, a disposição da mobília no quarto, o que comer... Seus pais, cientes da liberdade que a filha almejava, auxiliavam-na quando as escolhas eram inapropriadas, justificando que a roupa não condizia com o clima ou com a ocasião, que o programa que desejava era inadequado para a sua idade, que o objeto cobiçado estava acima das posses da família.

Lilian, que no início aceitava os conselhos dos pais, aos poucos foi se revoltando com essa atitude e, para fugir da interferência paterna, começou a cometer pequenos deslizes, "inocentes" mentiras para atingir seu intento.

Júlio e Clara, atentos, perceberam as alterações de comportamento de sua amada filha. Preocuparam-se, também, com as companhias e amizades que ela estava escolhendo. De maneira inicialmente sutil, tentaram demonstrar-lhe que as atitudes e as amizades não eram as mais apropriadas. Percebendo que tal resolução não produzira o efeito desejado, utilizaram a proibição como medida extrema. Isto só serviu para agravar o clima de revolta da filha.

Já em desespero, resolveram aconselhar-se com o trabalhador do Atendimento Fraterno na casa espírita que frequentavam. Solícito, Jorge, o dedicado atendente, escutou os pais justamente entristecidos e preocupados, evitando qualquer forma de julgamento e, buscando inspiração nos Espíritos Superiores, procurou orientá-los à luz dos esclarecimentos espíritas.

Assim, falou a Júlio e Clara que o Espírito que reencarna como filho é um ser milenar com inúmeras experiências. Algumas dificuldades do pretérito, apesar dos esforços educativos, poderão aflorar em determinadas épocas, exigindo necessário reajustamento e educação amorosa dos pais. Recomendou a utilização dos recursos da oração

A eficácia da prece: "O que Deus concederá sempre que se dirigir a ele com confiança é a coragem, a paciência e a

> resignação. O que concederá, ainda, são os meios de sair por si mesmo da dificuldade, com a ajuda de ideias que serão sugeridas pelos Bons Espíritos..." - O Evangelho segundo o Espiritismo, cap. 27, item 7.

e da vigilância às possíveis influências espirituais negativas. Após outros esclarecimentos, Jorge ainda lembrou-se dos compromissos que ambos haviam assumido na Espiritualidade para esta reencarnação. Agradecendo a Jesus pelos momentos esclarecedores, encerraram o diálogo fraterno mais aliviados e tranquilos.

Antes de saírem da Sociedade, Clara lembrou o esposo da necessidade de Lilian também receber essas informações e como é importante a formação cristã à luz da Doutrina Espírita. Resolveram, então, imediatamente inscrevê-la nas aulas de Evangelização Infantil que a Casa mantém.

Chegaram ao lar com outro ânimo! Em vez de brigarem com a filha, conversaram sobre a importância da oração diária, do Evangelho no Lar semanal e da vigilância necessária aos pensamentos. Esclareceram-na que a sua liberdade era uma conquista gradual e que deveria começar com o cumprimento das suas responsabilidades. Arrumar o próprio quarto, auxiliar em pequenas tarefas domésticas, limpar a sujeira do cachorrinho, dedicar-se ao estudo, tudo isso são indícios de amadurecimento que possibilitam liberdades maiores de escolha. Reforçaram que a mentira, por menor que seja, é um ato de muita gravidade e irresponsabilidade, devendo, portanto, ser sempre evitada. Disseram, também, que a partir do próximo sábado ela frequentaria as aulas de Evangelização Espírita porque sua formação moral é tão importante como a instrução formal no colégio.

Era muita coisa nova para Lilian e, a princípio, ela protestou, disse que não iria. Mas percebeu que algo de novo estava acontecendo em sua casa e que não custava nada ela tentar mudar.

Clara e Júlio, agora mais confiantes, perceberam que ainda teriam muitas dificuldades com Lilian, mas que amparados pela fé racional do Espiritismo e pelos amigos espirituais certamente iriam vencer mais este desafio familiar.

O quadro perfeito

Certa vez, após uma exposição doutrinária em que falamos do amor incondicional de Deus por todas as suas criaturas, da perfeição de Sua obra, da Sua infinita sabedoria, fomos abordados por um jovem que demonstrava ansiedade. Tinha algum conhecimento da Doutrina Espírita, mas um dos seus pilares — a perfeição de Deus e Sua criação — o deixava inquieto.

Esperou um momento em que me encontrava sozinho e, de uma forma desafiadora, fez uma pergunta:

— O senhor concorda que um pintor perfeito, obrigatoriamente, deve fazer uma pintura perfeita?

Compreendendo que o jovem gostaria de me colocar em uma situação embaraçosa, respondi:

— Na hipótese de existir um pintor perfeito — algo que não existe —, a sua obra necessariamente deveria ser perfeita também, do contrário ele não seria perfeito.

– Então, partindo desse princípio, Deus, sendo perfeito, como o senhor acaba de afirmar em sua palestra, não deveria ter criado o Universo perfeito, incluindo as suas criaturas? – continuou o jovem.

– Sim – concordei. – A criação divina é perfeita.

– Como pode se explicar que o senhor, eu e todos os seres humanos tenhamos tantas imperfeições? Como se justifica a maldade no mundo, as doenças, as injustiças, se Deus é perfeito?

A pergunta era muito inteligente e bem articulada. Posicionei-me na condição de tentar sossegar o jovem apreensivo da melhor forma possível. Lembrei-lhe que o Espiritismo confirma a criação do Espírito em simplicidade e ignorância, deixando ao próprio ser o mérito da evolução; a realidade da reencarnação como as diversas etapas de aprendizado para o ser imortal; a lei de causa e efeito como prova da justiça divina; a lei de evolução que abrange a todos os seres...

Percebi que isso ele já havia compreendido e, concordando de forma respeitosa, dava a entender que não sentia respondido o seu questionamento.

Após incitá-lo a estudar as obras básicas de Allan Kardec, especialmente O Livro dos Espíritos ("Deus: Inteligência suprema, causa primária de todas as coisas." - questão 1) e A Gênese,

No capítulo 2 desta obra Kardec faz um profundo estudo sobre o que podemos entender sobre Deus, dentro do nosso nível evolutivo, partindo da premissa de seus atributos essenciais: suprema e soberana inteligência; eterno; imutável, onipotente; soberanamente justo e bom.

vendo que não avançávamos no entendimento, quase desistindo de continuar a conversa, veio-me por inspiração a sugestão de um amigo espiritual:

— Pois bem, concordo plenamente com você que um pintor deve obrigatoriamente fazer uma pintura perfeita, sem rasuras ou falhas. Mas, enquanto ele está pintando, o quadro já está perfeito, acabado?

O jovem espantou-se com o questionamento e respondeu:

— Não, enquanto ele está pintando a tela, o quadro ainda não está completo, nem perfeito.

— Deus é esse pintor perfeito. E você é a Sua tela inacabada. Enquanto você não atingir a perfeição relativa, a pintura não estará pronta. E o Sublime Pintor não tem pressa. Dá a todas as Suas obras o tempo que cada um acha necessário para concluir. São os milênios do tempo e as milhares de reencarnações que temos. Mas chega o dia em que a obra se completa, o quadro fica perfeito. E então a criatura passa a compreender mais profundamente o Criador.

Após o diálogo, nos despedimos com alegria pelo entendimento e também por nos sentirmos parte importante da obra divina.

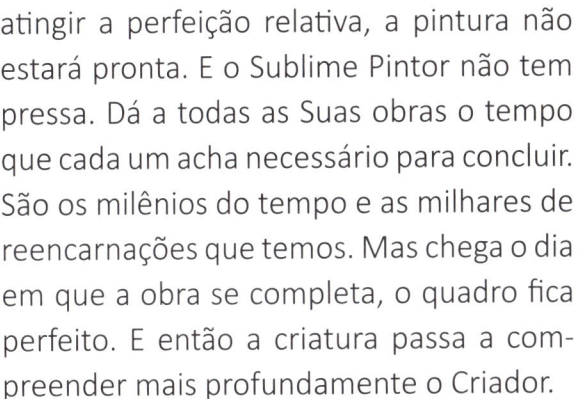

O PRESENTE

A vida transcorria normalmente. Ela estava bem estabelecida na profissão; um marido dedicado e carinhoso e os filhos, ainda pequenos, eram fontes de alegrias cotidianas. Mas alguma coisa a impedia de seguir a vida com tranquilidade. Tivera uma infância difícil, causada mais pela convivência complicada com o pai, que era duro e insensível, do que pelo resto. A imagem daquele pai ausente e distante, que não permitia aproximação, não a deixava viver em paz. Esse fora um dos motivos que a fizeram conhecer a Doutrina Espírita: encontrar razões para entender aquele comportamento.

E ela não se decepcionou. Encontrou explicações para essa e outras situações; tirou dúvidas sobre muitas outras coisas no estudo do Espiritismo. Assim, compreendeu que deveria amenizar ou diluir a situação desagradável que vivenciava

com o pai. Apareceu uma oportunidade. No Grupo Espírita que frequentava, havia um programa chamado "Educando os Sentimentos" que, a cada semana, propunha um desafio que estimulava o participante a conhecer a si mesmo e a desenvolver virtudes.

> Esta é uma ideia genial: baseado em um pequeno texto com embasamento doutrinário e no Evangelho, o participante ganha um "desafio", sempre uma proposta de atitude positiva e reflexiva, a que a pessoa pode ou não aderir.

Naquela semana a proposta era: "Tenha gratidão: agradeça alguém que lhe fez algum bem, pode ser pessoalmente, por telefone, e-mail ou carta". Era a chance que ela estava esperando. Pensou: "Gostaria de me aproximar de meu pai, mas não pode ser algo forçado. O que tenho que agradecer a ele?"

Coincidentemente era a semana em que ela estava de aniversário. Lembrou que, apesar de não ter sido o pai que ela esperava, ele havia lhe proporcionado a vida, a reencarnação, e esse é, sem dúvida, um dos maiores motivos de gratidão que se pode ter.

Bolou um plano. Sabia que seus pais gostavam muito de plantas. Comprou uma grande e linda folhagem, e no dia anterior ao aniversário solicitou a colaboração da família. Pediu ao marido que levasse a planta até a cidade em que seus pais moram e que solicitasse ao irmão e à cunhada que a escondessem para que, na manhã seguinte, sem que ninguém soubesse, colocassem o presente no meio da sala da casa de seus pais. Junto colocou uma extensa carta de agradecimento ao pai e à mãe por terem lhe permitido reencarnar. Escreveu sobre situações pelas quais hoje, como mãe, está passando e que a fazem entender melhor algumas atitudes de seus pais. Dedicou alguns parágrafos especialmente ao pai elogiando seu esforço em constituir e ser responsável pela família. Era um presente ao inverso, a aniversariante é quem dá o presente a quem lhe deu o maior presente: a vida.

Praticamente não dormiu naquela noite, era muita ansiedade. Não imaginava qual seria a reação dos pais, muito menos a do pai.

Logo cedo tocou seu telefone, era seu pai ligando. Bem como ela imaginara, fora o pai quem encontrara o presente e a carta, pois é de seu costume acordar bem cedo, sendo uma de suas características ser muito trabalhador. Pelo telefone ela pôde perceber o quanto tinha conseguido "amolecer" aquele coração, tocar o pai com sua ação e suas palavras, o que lhe proporcionou uma alegria imensa e a certeza de que sua atitude mudaria essa relação difícil para melhor. Foi o primeiro passo, passo considerado o mais importante para essa aproximação e a alegria que ela estava sentindo talvez só fosse comparada com a alegria do pai, aquele mesmo que vivia num distanciamento emocional até então. A partir daquele dia a relação naquela família se transformou para melhor, pois sua demonstração de gratidão aos pais tocou todos a sua volta.

Grandes barreiras, criadas às vezes num longínquo passado, muitas sem motivos ou razões aparentes, podem ser demolidas por gestos simples e boas intenções.

> "Os Espíritos que se encarnam em uma mesma família, sobretudo entre parentes próximos, são, na maioria das vezes, Espíritos simpáticos, ligados por relações anteriores, que se traduzem por uma afeição recíproca. Mas também pode acontecer que sejam completamente estranhos uns aos outros, divididos por antipatias igualmente anteriores, que se expressam na Terra por um mútuo antagonismo, a fim de lhes servir de provação". O Evangelho segundo o Espiritismo, cap. 14, item 8.

Na riqueza e na pobreza

Naquele dia, a turma estava extremamente agitada, envolvida em uma grande discussão a respeito da riqueza e da pobreza. O professor, sempre moderado, procurava uma maneira de destacar aos seus alunos os valores espirituais. Uma grande parte queria focar seus esforços em conquistar um alto emprego, fazer fortuna porque, para estes, "vencer na vida" é ter muito dinheiro, prestígio e poder, para adquirir tudo o que quisessem e satisfazer todos os desejos e, consequentemente, serem felizes. Alguns poucos defendiam que a felicidade não estava nas coisas materiais, mas na amizade, na boa convivência, na alegria de servir...

Quando a discussão estava muito acalorada, e sob forte emoção, o professor, que estava apenas observando, resolveu participar do debate. Calmamente, o mestre fez uma pergunta:

– Quem vocês acham que está mais próximo da felicidade: o rico ou o pobre?

O Livro dos Espíritos, questão 815: "Qual das duas provas é a mais perigosa para o homem, a da desgraça ou da riqueza? - Ambas o são igualmente. A miséria provoca as queixas contra a Providência; a riqueza leva a todos os excessos". Kardec comenta na questão seguinte: "Deus experimenta o pobre pela resignação e o rico pelo emprego que dá aos seus bens e ao seu poder".

A maioria dos jovens, conhecendo a maneira do educador pensar, querendo agradar, respondeu achando que o que ele queria ouvir era isto:

– O pobre, porque nas dificuldades ele poderá trabalhar as virtudes morais.

Para surpresa de todos, o professor respondeu:

– Vocês estão enganados, é o rico.

Houve um tumulto. Como pode alguém que sempre valorizou as qualidades espirituais raciocinar dessa maneira? Então o professor também achava que a posse de bens materiais é fundamental para a felicidade?

Após todos ficarem mais calmos, o educador completou:

– O rico está mais próximo da felicidade, exatamente por ter já as facilidades materiais e já estar apto a saber que não é aí que a felicidade se encontra. Se tiver sabedoria, já estará com meio caminho andado, ou seja, poderá entender que não é a posse da riqueza que o fará feliz.

> "Sem dúvida a riqueza é uma prova muito arriscada, mais perigosa que a miséria, em virtude dos arrastamentos que dá causa, pelas tentações que gera e pelo fascínio que exerce". - O Evangelho segundo o Espiritismo, cap. 16, item 7.

Talvez os outros ainda corram atrás do dinheiro que não têm, buscando na fortuna a felicidade onde ela, definitivamente, não se encontra. Na verdade – continuou o mestre –, a felicidade não está nem na riqueza, nem na pobreza, mas na busca da melhoria íntima, da reforma moral, na compaixão, na prática do bem e da caridade, enfim, na conquista da paz de consciência e, evidentemente, nenhum desses fatores está ligado à nossa posição econômica.

> Os Espíritos Superiores esclarecem a medida da felicidade: "Para a vida material, é a posse do necessário; para a vida moral, a consciência tranquila e a fé no futuro". (O Livro dos Espíritos, questão 922).
>
> Com o Espiritismo, entendemos que, de encarnação em encarnação, passamos ora pelos caminhos da opulência, ora da carência, ora do equilíbrio. A situação em que se encontra serve como prova e aprendizado ao Espírito, para a evolução. Em todas podemos atingir a felicidade, dependendo do aproveitamento das oportunidades oferecidas para o crescimento espiritual.

Meu nome é Tiago

"Meu nome é Tiago. Tenho 15 anos. Estou escrevendo esta que talvez seja a última carta da minha vida. Hoje eu ouvi, sem querer, os médicos falarem aos meus pais que eu tenho muito pouco tempo de vida. Estou com uma doença muito grave que nos últimos três meses me deixou paralisado numa cama. A dor é o que mais incomoda, mas até para isto tem remédio, não é?

Não se preocupe, não estou triste. Pelo menos, agora não mais. No início, como é compreensível, a revolta contra Deus e contra a vida, contra tudo, foi muito grande. Mas o curso longo da doença serviu para refletir e entender 'os porquês' das coisas. É lógico que eu não gostaria de estar nesta situação, mas comecei a compreender que nada nos acontece por acaso, que Deus não é injusto com ninguém e que tudo o que nos acontece é apenas o efeito de uma causa que está em nós mesmos.

> "As vicissitudes da vida têm, pois, uma causa e, visto que Deus é justo, essa causa há de ser justa." O Evangelho segundo o Espiritismo, cap. 5 - Bem-aventurados os aflitos, item 3 - Justiça das aflições.

Se nesta vida ainda não fui aquele filho perfeito, também não fui um mau filho. Mas, na existência anterior, fiz muitas coisas que feriram as leis divinas de justiça e bondade, prejudiquei muita gente e, principalmente, a mim mesmo. Agora entendo que esta doença, inexplicável aos olhos de alguns, foi pedida por mim, antes de reencarnar, para me reajustar frente à Lei Maior.

Causas atuais das aflições (desta encarnação) x causas anteriores das aflições (das reencarnações anteriores).

Entendo que enfrentá-la sem revolta, mas com luta, com resignação, sem desânimo é a melhor forma de vencer as minhas imperfeições e sair vitorioso.

Ah, bendita reencarnação! Só ela para nos fazer compreender as aparentes injustiças de Deus. Só a verdadeira misericórdia do Pai para não permitir que nenhum filho, por mais imperfeito que seja, se perca na eternidade.

A cama, então, se tornou minha benção, meu 'divã terapêutico'. Aqui pude refletir sobre muitas coisas. Valorizei cada dia, cada momento, cada abraço. Senti a presença amorosa de meus pais e meus irmãos, que também não estão neste 'barco' por acaso. Consolei e fui consolado. Aprendi que a revolta, a raiva e o ódio não merecem ficar muito tempo no nosso coração. Relevar o mal que nos fazem (que também não é por acaso) e esquecê-lo para deixar espaço para o amor é a maior demonstração de sabedoria que se pode ter. Quantas vezes passamos dias cultivando sentimentos negativos por 'coisa nenhuma'? Que bobagem! Perdoa sempre e segue feliz. Talvez possa parecer tarde para isso, mas não é. Nunca é tarde para aprender algo de bom, para perdoar, para amar.

Valorize a Vida. Não fique muito tempo 'à toa', apesar de, às vezes, isso ser necessário. 'À toa' é muito parecido com ateu e isto não é bom. Jamais desacredite em Deus. Busque-O em todas as suas atitudes, palavras e pensamentos. Fazer o bem, tratar as outras pessoas da melhor forma, praticar o perdão, a caridade, é estar com Deus. Busque uma religião que o esclareça e console – isso também é importante. No meu caso, somente conhecendo o Espiritismo é que pude 'raciocinar' sobre Deus e entendê-Lo, dentro das minhas limitações.

Enfim, viva a vida. Não da forma que a maioria entende por aproveitar a vida: viver em festas ou em prazeres. Mas crie condições de crescimento espiritual, emocional, intelectual. No fim, esta é a única bagagem que levamos para o 'lado de lá'.

Confie em Deus, amando a vida e respeitando-a. Tenho certeza que a viagem da 'terrível' morte acontece inúmeras vezes para o Espírito imortal, conforme diz o grande Benjamin Franklin, desencarnado em abril de 1790, aos 84 anos, e cujo epitáfio deixou escrito antes de morrer:

> A Revista Espírita, agosto de 1865.

'Aqui repousa, entregue aos vermes, o corpo de Benjamin Franklin, impressor, como a cobertura de um velho livro cujas folhas foram arrancadas, e o título e a douradura apagados; mas, por isto, a obra não está perdida, porque ele reaparecerá, como o crê, numa nova e melhor edição, revista e corrigida pelo autor.'

Um dos cidadãos que os norte-americanos mais admiram era, pois, reencarnacionista; não só acreditava no seu renascimento sobre a Terra, mas acreditava ali retornar melhorado pelo seu trabalho pessoal; é exatamente o que diz o Espiritismo.

Um forte abraço a todos,

Tiago."

> "O mérito consiste em sofrer, sem murmurar, as consequências dos males que não se podem evitar, em perseverar na luta, em não desesperar, se não é bem-sucedido; nunca, porém, numa negligência que seria mais preguiça que virtude." - Um anjo guardião (O Evangelho segundo o Espiritismo, cap. 5, item 26).

Essa carta foi inspirada nos inúmeros depoimentos de jovens que partiram para o Além e, através da psicografia de Chico Xavier, deixaram valorosos depoimentos, verdadeiras lições de espiritualidade. A esses jovens a nossa gratidão.

O homem dos meus sonhos

Miriam era uma criança muito feliz. Embora tivesse nascido com um sopro no coração, levava uma vida muito ativa, praticava esportes, dançava, pescava. Quando criança, sonhava em ser professora de educação física, mas, à medida que foi crescendo, seus interesses voltaram-se para a música, arte e literatura. Teve uma juventude tranquila, mas era constante a sua preocupação com a vida, a morte e o amor.

Certa tarde, pouco depois de terminar o ensino médio, subitamente veio-lhe o impulso de desenhar um retrato, coisa que ela ainda não havia feito. Era de um rapaz mais ou menos da sua idade que não se parecia com ninguém que lhe fosse conhecido.

— Quem é esse rapaz? – perguntou-lhe a mãe.

— O homem dos meus sonhos – respondeu Miriam. – Eu não sei de onde o tirei. Simplesmente senti uma vontade de desenhar alguém e foi essa imagem que saiu.

Em seguida, colocou o desenho em um porta-retratos em seu quarto.

Frequentou a universidade e se formou em Letras. Depois de formada passou a dar aulas, a escrever e editar revistas literárias infantis. Era uma das professoras mais queridas da escola.

Pouco tempo depois começou a sentir fortes dores de cabeça, enxaqueca, sem que os médicos pudessem precisar o diagnóstico. Um dia, muito indisposta, começou a vomitar sangue. A situação se agravara.

Quase ao mesmo tempo, a 650 km de distância, outro jovem de 22 anos enfrentava outra tragédia. George, quando criança, também desejava tornar-se professor de ginástica, mas tempos depois seus interesses também convergiram para a literatura, desenho e música. Desde cedo George tinha um problema nos olhos. Agora, a doença se tornava irreversível e somente o transplante de córnea restabeleceria a sua visão. A solução tinha que ser imediata.

Miriam, em um hospital de sua cidade, entrara em coma. Ela tinha um tumor no cérebro, sua vida era questão de horas. A mãe, em momento de profunda dor, lembrara que ela sempre falava que queria doar todos os órgãos que pudessem ser aproveitados. As córneas foram doadas.

George foi o receptador das córneas de Miriam. Durante todo o período de recuperação, seus pensamentos eram sempre os mesmos: quem lhe teria restituído o dom da visão? Que família teve o gesto magnânimo de, em um momento de extrema agonia, pensar em um outro desconhecido necessitado? Devia, ao menos, externar sua intensa gratidão!

Depois de muito insistir, conseguiu com o diretor do Banco de Olhos enviar um agradecimento àquela família. Achou que era pouco, desejou conhecê-los. A família de Miriam respondeu que sim.

Dois meses depois da cirurgia, George se dirigiu à cidade onde morava a família de sua benfeitora. Estava muito ansioso e apreensivo. Logo ao chegar, sentiu que estava reencontrando amigos. Apesar de nunca terem se visto, sentiram-se bem à vontade uns com os outros. A mãe de Miriam mostrou fotos e escritos da filha, admirando-se das semelhanças de interesses entre os dois: era impressionante como aquele rapaz pudesse ser tão parecido com sua filha.

Antes de partir, George ofereceu uma foto sua que foi colocada imediatamente

em um porta-retratos na mesa da sala. Por que eles se sentiram tão atraídos uns pelos outros? De onde eles o conheciam? Esta dúvida ficou na mente de todos.

Seis meses depois da visita de George, a mãe de Miriam resolveu remexer nos pertences dela para publicarem, em memória, seus poemas, textos, pensamentos. Encontrou um desenho, já esquecido, que há muitos anos não via – o retrato do rapaz que a filha havia feito na juventude. Ficou espantada. Foi mostrar ao marido, perguntando-lhe:

– Quem é este?

– Ora, este é o George! – respondeu o esposo. – Quem fez este desenho?

Era o desenho que Miriam havia feito cinco anos antes de morrer, a visão do homem dos seus sonhos!

Essa história retrata fielmente como a justiça divina age suavemente através do amor. Dois indivíduos comprometidos em reencarnações passadas, não precisaram nem se encontrar na atual para que se reabilitassem, um restabelecendo a saúde do outro.

> "Qual a finalidade da reencarnação? - Expiação, melhoramento progressivo da humanidade. Sem isso, onde estaria a justiça?" - respondem os benfeitores à questão 167 de O Livro dos Espíritos.

A visão de Miriam, na sua juventude, é uma prova de que ela teria que passar por este resgate para auxiliar George e a história vivida demonstra serem Espíritos afins, envolvidos em um processo de evolução que se entrecruza desde outras existências.

O regresso de Anacleta

Anacleta, às portas de voltar ao mundo físico através da reencarnação, solicita aos Espíritos responsáveis retificações no projeto de seu futuro corpo físico:

> "No estado errante, e antes de começar nova existência corporal, o Espírito tem consciência e previsão das coisas que lhe vão acontecer durante a vida? - Ele escolhe o gênero de provas que deseja sofrer e nisso consiste seu livre-arbítrio." - questão 258 - Escolha das provas - O Livro dos Espíritos.

— Veja bem o meu projeto para o sistema endócrino. Sei que os amigos me favoreceram, planejando-o com muita harmonia nas menores disposições; entretanto desejaria modificações...

— Em que sentido? — indagou o interpelado, surpreso.

— Fui advertida por benfeitores daqui no sentido de não me apresentar na Crosta dentro de linhas impecáveis para a forma física. Para que eu tenha êxito na tarefa que me proponho a desempenhar, estimaria que a tireoide e as paratireoides não estivessem tão bem delineadas. Devo reaver um patrimônio espiritual de grandes proporções. Preciso fugir de qualquer possibilidade de queda e a perfeita harmonia física me perturbaria as atividades.

O companheiro, entendendo a solicitação, completou:

— Tem razão. A sedução carnal é imenso perigo, não só para aqueles que emitem a sua influência, como também para quantos a recebem.

— Prefiro a fealdade (feiura, repelência) corpórea — tornou ela. — Não estou interessada num corpo de Vênus e sim na redenção do meu Espírito para a eternidade.

Anacleta era um exemplo vivo das lutas travadas pelo Espírito contra suas próprias imperfeições. Por imprevidência, noutro tempo, os quatro filhos que o Senhor lhe confiara caíram desastradamente. Seu esposo era homem probo e trabalhador e, apesar de abastado, nunca esqueceu os deveres de homem de bem com a família e a sociedade. Era homem de energias positivas e construtivas. Ela, esposa, embora devotadíssima, contrariava as influências salutares do esposo no lar, viciando o afeto de mãe com excesso de meiguices descabidas. Como consequência, os três rapazes e uma jovem, cuja preparação exigiria maiores sacrifícios, caíram muito cedo em desregramentos de natureza física e moral, perdendo muito cedo o templo do corpo, entrando na Espiritualidade em regiões de tristes condições. Contudo, voltando ao campo espiritual, ela compreendeu o problema e se dispôs a trabalhar incansavelmente para conseguir, através da própria reencarnação e dos filhos, a reparação dos equívocos cometidos – concessão permitida após mais de 30 anos de preparação.

> "Se o Espírito pode escolher o gênero de provas que deve sofrer, seguir-se-á que todas as atribulações que experimentamos na vida foram previstas e escolhidas por nós? - Todas não é bem o termo, porque não escolheste nem previstes tudo o que vos sucede no mundo, até as menores coisas. Escolhestes apenas o gênero das provações; os detalhes são consequências da posição e, muitas vezes, das vossas próprias ações." O Livro dos Espíritos, questão 259.

Ela, agora vindo em um corpo não tão belo nas concepções terrenas, estaria muito mais apta a não se desviar, como da outra vez, da nobre missão de aperfeiçoar-se e a de auxiliar os Espíritos comprometidos nas provas purificadoras na Terra, completando, assim, a obra de amor que o Pai lhe confiou junto dos filhos amados.

> História adaptada a partir da narrativa do Espírito André Luiz, no livro Missionários da Luz, cap. 12, psicografado por Francisco Cândido Xavier, FEB.

História da pasta de dentes

O casamento de Lúcia estava por um fio, que agora ela estava prestes a romper, e saíra em busca de um advogado para iniciar o processo de divórcio. Resolvera ir a pé até o centro da cidade e por um caminho que nunca havia percorrido antes. Inesperadamente, encontrou uma grande amiga do passado, de quem gostava muito e que o tempo e os compromissos haviam afastado.

Após os cumprimentos iniciais, resolveram sentar-se em um café para conversarem um pouco sobre suas vidas nestes tempos em que estavam distanciadas. Foi então que Lúcia lhe disse o que iria fazer naquele dia. Lívia conhecia aquele casal e sabia que aquela união não era fortuita. Perguntou-lhe os motivos da separação: Havia uma terceira pessoa? Foram as dificuldades materiais? Algum tipo de violência? Não, nada havia acontecido que justificasse o esfriamento e o afastamento entre os dois, apenas a rotina fez que eles quase não se suportassem mais dentro do mesmo ambiente e, de comum acordo, antes que algo de mais grave acontecesse, resolveram pela separação.

Lívia então pediu para Lúcia pensar mais profundamente, para ver se encontrava a raiz do problema. Lúcia, depois de muito pensar, passou a analisar o seu cotidiano:

"Deixa eu ver: Mauricio levanta um pouco mais cedo, vai para o banheiro fazer a higiene pessoal, depois vai para a cozinha tomar café. Eu levanto em seguida, vou para o banheiro e... tem uma coisa que o Mauricio faz e que me deixa extremamente furiosa: quando ele vai escovar os dentes, aperta na parte superior do tubo de creme dental, próximo à tampa. Quando eu vou usar, tenho que apertar sempre na parte inferior para trazer o creme dental até a saída para chegar à escova. Eu não suporto isso! Mesmo antes de concluir minha higiene vou até a cozinha para reclamar dele. Se não o encontro, falo disso no almoço ou à noite, mas não deixo passar em branco... E você sabe, num casamento, a convivência de alguns anos pode trazer algumas peculiaridades: quando um se queixa de uma coisa, o outro se queixa de duas, então você novamente se queixa de três coisas e assim vai... O dia e, por consequência, a nossa vida, transformou-se em um verdadeiro inferno!"

Lívia, refletindo sobre aquelas palavras, pensando que alguém tinha que parar com aquele comportamento doentio, disse: "Eu tenho a solução para o teu casamento e não é o divórcio, é algo bem mais barato e menos desgastante... – esperou um pouco, para dar o suspense à fala. – Vá até o supermercado ou farmácia mais próxima e compre outro tubo de creme dental. Este tubo é SEU! Use-o somente você e esconda-o no armário, atrás das toalhas ou em uma gaveta para que seu marido não o veja. Ele sempre terá que usar o mesmo fazendo as manobras de retirar o creme da parte inferior, o que você faz todo o dia. Faça a experiência e veja o resultado". Após outros diálogos, as duas se despediram prometendo reencontrar-se.

Lúcia confiava muito na amiga e resolveu então fazer o teste – não custava nada! Todos os dias ao acordar, quando ela ia para o banheiro, lembrava-se da conversa, da pasta de dentes, e refletia o quanto se desgastara por tão pouco e ria sozinha. Agora já acordava de bom humor. Ia para o café sem nenhuma queixa, cumprimentava o marido amorosamente, tratando-o de uma forma carinhosa. Ele começou a desconfiar, mas como aquilo havia começado a acontecer rotineiramente, resolveu ele também mudar seus hábitos, começando a parar de se queixar. Passou a tratá-la também de forma cordial e solícita. O dia a dia do casal foi se transformando, voltando a ser harmonioso e de companheirismo, revitalizando assim aquela relação que estava muito desgastada.

Lívia tinha razão. É tão fácil conviver bem. Basta um pequeno esforço.

> "O homem poderia vencer suas más tendências mediante seus próprios esforços? - Sim, e às vezes com pouco esforço. O que lhe falta é vontade. Ah! Como são poucos os que se esforçam entre vós." - questão 909 de O Livro dos Espíritos.

Lúcia compreendeu que não era o tubo da pasta de dentes o problema do seu casamento, ele era apenas o gatilho que desencadeava os conflitos internos. Mas à medida que tomamos consciência dos nossos atos e pensamentos perniciosos e tomamos a decisão de modificá-los, alteramos toda a nossa vida e também a daqueles que convivem conosco.

> Os amigos espirituais complementam, na questão 911: "Há muitas pessoas que dizem: Quero, mas sua vontade está apenas nos lábios. Querem, mas ficam satisfeitas que assim não seja..."

A cadeira na praia

Ademir era um tio muito querido pelos seus sobrinhos. Jovem, ainda não havia casado e tinha tempo disponível para passear e brincar com os filhos de seus irmãos. Sempre que possível, ele procurava dar conselhos úteis às crianças, estimulando-as a terem condutas honestas em suas vidas.

Aquelas férias seriam muito especiais porque passariam todos juntos na praia, ocasião rara de acontecer.

Era comum, ao final da tarde, Ademir convidar seus sobrinhos para passearem à beira do mar para observarem a natureza exuberante do lugar, confabular sobre a vida, os planos para o futuro; momentos muito agradáveis que todos apreciavam, era uma forma de agradecimento a Deus pela vida.

Naquele dia, já ao entardecer, a trupe saiu como de costume. A praia estava praticamente deserta, poucas pessoas caminhando à beira do mar e um lindo pôr do sol. A agradável conversa foi interrompida por um achado de Júlio, menino muito observador, de nove anos:

– Tio, olhe lá! – apontando o dedo para o meio da praia. – É uma cadeira esquecida por alguém.

Realmente não havia mais ninguém por perto. Alguém, apressado em voltar para casa, havia deixado sua cadeira na praia, e talvez só fosse notar a falta dela quando descarregasse suas coisas em casa.

Marcos, de 12 anos, ágil no pensamento disse: – Vamos pegá-la e levá-la para nós. Com tanta gente lá em casa ela nos será muito útil.

Amanda, sempre questionadora, perguntou, olhando para o tio: – Será que isso é honesto? Será que podemos fazer isso?

No que Marcos, prontamente, respondeu: – Mas claro que podemos. Não roubamos ninguém, apenas pegamos a cadeira de um descuidado que a esqueceu. Vamos pegá-la antes que outro mais esperto a pegue – concluiu o jovem.

Nisto, interveio Régis: – Não roubamos, mas também não é nosso. Acho que não devemos fazer nada. Não é nossa preocupação o que vai acontecer com a cadeira. Se o dono tiver sorte, é capaz de voltar e ela ainda estar ali, ou, por azar, outro espertinho vai levar antes. Problema dele...

Ademir, percebendo a oportunidade de aprendizado que aquela situação estava trazendo, instigou: – Pessoal, é muito interessante o que vocês estão colocando. Mas gostaria de fazer uma pergunta: Se fosse um de nós que tivesse esquecido a cadeira, o que gostaríamos que acontecesse?

– Ah, tio, eu gostaria que alguém devolvesse para mim. Ela faria muita falta. – respondeu Amanda.

– Eu também gostaria, mas como devolver se ninguém sabe quem é o dono? – perguntou Marcos.

– Alguém tem outra ideia? – questionou o tio.

Lúcio, que até então estava calado, resolveu dar a sua opinião: – É claro que não devemos levá-la porque não é nossa. Também não podemos deixá-la ali, como se não tivéssemos nada a ver, porque não gostaríamos que fizessem assim com a nossa cadeira. Acho difícil devolvê-la para o dono, porque não sabemos quem é. Então só nos resta uma opção: levá-la a um responsável mais próximo, um "achados e perdidos", por exemplo, ou a uma guarita de salva-vidas, para que o esquecido tenha a oportunidade de encontrar novamente o seu objeto.

— O que vocês acham da ideia? — perguntou Ademir.

Todos, de forma unânime, concordaram com a proposta de Lúcio; era a mais justa e honesta.

— Muito bem — disse Ademir. — Agindo assim estaremos seguindo a Regra Áurea!

— REGRA ÁUREA! Que é isso??? — todos queriam saber.

— É a regra de Jesus: fazer ao outro o que gostaríamos que nos fizessem e não fazer ao outro o que não gostaríamos que nos fizessem. Se agirmos assim jamais nos enganaremos — concluiu Ademir.

> "Por estar sujeito ao erro, o homem não pode enganar-se na apreciação do bem e do mal e crer que faz o bem, quando na realidade faz o mal? - Jesus vos disse: vede o que gostaríeis que vos fizessem ou não fizessem. Tudo se resume nisso". O Livro dos Espíritos, questão 632.

Então, depois de um longo e produtivo debate, alegres, partiram para fazer o que haviam combinado. Eis que chega um carro e estaciona rapidamente próximo a eles. Desce o motorista que, com a expressão ao mesmo tempo preocupada, mas muito alegre, avista a solitária cadeira que ele havia deixado para trás porque teve que levar rapidamente ao pronto-socorro seu filho, que havia se machucado na praia, conforme explicou aos jovens. Agora que o filho estava bem, veio buscar os pertences deixados na correria.

Aquela noite, em casa, foi de profundas reflexões. Todos estavam felizes por terem tomado a decisão correta, entendendo que essa experiência serviria de parâmetro para todas as escolhas que teriam daqui para frente em suas vidas.

> No item 876 de O Livro dos Espíritos, dizem os Benfeitores: "Deus imprimiu no coração do homem a regra da verdadeira justiça. (...) Deus não poderia ter dado guia mais seguro que a própria consciência".

As viagens

Luiz Henrique já chegara à idade madura. Havia se aposentado com uma confortável renda mensal, os filhos já todos encaminhados profissionalmente e com suas famílias constituídas. Já era viúvo há algum tempo, de forma que agora não tinha maiores responsabilidades frente à vida material. Em suas reflexões íntimas, na contabilidade dos próprios atos, percebeu que havia mais acertado do que errado, mas, no fundo, ainda sentia que algo lhe faltava.

Procurou preencher esse vazio com os prazeres da vida: viagens ao redor do mundo, férias intermináveis, folguedos infinitos, alguns namoros, no conforto material, carros, produtos eletrônicos, apartamentos...

Cansou-se desses prazeres como quem se sente enfastiado após uma farta refeição. Angustiado, sem saber por quê, através de alguns conhecidos recebeu o convite de conhecer a Doutrina Espírita. Tinha sua religião, gostava de participar de vez em quando, mas percebia que ela não o completava.

Meio a contragosto, mais por curiosidade, foi ouvir as primeiras palestras na Casa Espírita. Achou interessante a abordagem que a filosofia espírita tem da vida, as comprovações científicas da vida além da morte através da mediunidade, e também a base cristã no seu aspecto religioso e moral. Leu algumas obras indicadas e resolveu entrar em um grupo de estudo da Doutrina Espírita. Experimentou novas sensações, antes desconhecidas. Encontrou novamente sentido para a vida ao compreender quem somos, de onde viemos e para onde vamos. A ideia de Deus como um Pai justo e amoroso novamente retumbou em sua mente. Percebeu a importância da caridade e da atividade de auxiliar o próximo e levou adiante um antigo projeto de trabalhar em uma comunidade carente dedicando esforço e utilizando de suas experiências. Sentiu-se renovado.

> Esclarece Larcordaire: "O desapego aos bens terrenos consiste em apreciar a riqueza no seu justo valor, em saber servir-se dela em benefício dos outros e não apenas em benefício próprio, em não sacrificar por ela os interesses da vida futura, em perdê-la sem murmurar, caso apraza a Deus retirá-la". - O Evangelho segundo o Espiritismo, cap. 16, item 14.

Os antigos amigos de viagens e festas estranharam o seu comportamento. Ele não aceitava mais os convites, porque dizia que estava sempre ocupado ou tinha algo importante para fazer. Resolveram conversar seriamente, pois achavam que o amigo estava deixando de "aproveitar a vida". João Carlos, o mais próximo de Luiz, aceitou a incumbência:

— Luiz Henrique, o que está acontecendo contigo? Não participas mais das nossas reuniões, dos nossos encontros, nem para tomar um "chopinho". Se "encheu" de nós, ou entrou para alguma seita fanática? – brincou o amigo.

— Nada disso, João Carlos. Agora realmente encontrei algo em que vale a pena dedicar meu tempo. Além disso, não abandonei os amigos, isso é exagero teu. Só não participo tanto das "aventuras" da turma, não é?

— É verdade, mas dessa forma, eu acho que tu não estás aproveitando a vida.

— Pelo contrário. Agora sim estou aproveitando a vida. Aproveitando para ser uma pessoa melhor, mais comprometida com a minha reforma íntima e com o próximo.

— Mas e aquele projeto que tínhamos das viagens, de conhecer o mundo, outros lugares, outras pessoas? Você desistiu?

— Vamos dizer que eu adiei, parcialmente. Estou aproveitando o tempo que me resta nesta reencarnação para conhecer a mim mesmo, algo totalmente novo para mim, é uma verdadeira viagem interior. Também conheci muitas pessoas interessantes e lugares que eu nem sabia que existiam na minha própria cidade. São as novas amizades que conquistei na vila onde trabalhamos auxiliando as famílias carentes. É uma excelente "viagem". Por que você não vem junto?

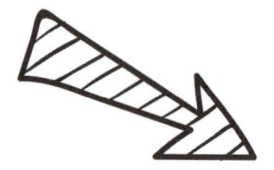

> Encontramos em O Evangelho segundo o Espiritismo esta máxima: "Os interesses da vida futura prevalecem sobre todos os interesses e todas as considerações humanas". cap. 23, item 6.

João Carlos percebeu que o amigo havia realmente mudado. Não sabia bem como, mas ficou reflexivo com a transformação: Luiz Henrique estava mais alegre, mais paciente, bem-disposto, bem-humorado, em resumo, de bem com a vida. Sentimentos que ele próprio ainda não havia conquistado, apesar de todas as facilidades que a vida estava lhe proporcionando.

Um dia diferente

Estava o jovem, mais uma vez, queixando-se a seus pais:

— Vocês são muito atrasados. São muito repressores. Nós vivemos em um mundo de liberdade política, econômica, social, sexual! É caretice querer tolher a minha liberdade. Vocês ainda querem disciplinar a minha vida, controlar minhas amizades, minhas notas, até onde eu vou ou a que horas chego! Eu já tenho 14 anos, em pouco tempo chego aos 15. Até uma religião me obrigam a seguir! E eu lá quero saber de Deus? Não me interessa a reencarnação, se os Espíritos nos influenciam ou não ou essa tal de lei de causa e efeito! Eu quero é me divertir, "curtir" a vida, "ficar" com quem eu quero, voltar a hora que me der na "telha". Quero INDEPENDÊNCIA!!!

> "Desde que dois homens (seres humanos) estejam juntos, há entre eles direitos a serem respeitados e, portanto, nenhum deles gozará de liberdade absoluta." - questão 826 de O Livro dos Espíritos.

Os pais de Marcelo já estavam cansados de chamá-lo à responsabilidade, disciplinando-o, conduzindo-o, orientando-o. Mas a revolta crescia a cada dia.

Conscientes dos compromissos assumidos perante o Espírito que veio como filho, eles não desistiam de educá-lo, dando-lhe responsabilidades à medida que crescia.

Mas naquele dia foi diferente. O pai, surpreendentemente, resolveu aceitar a ideia de Marcelo. A partir de hoje, quem decidiria sobre os horários, amizades, o que fazer, quando estudar, seria o próprio Marcelo. Não haveria mais interferência dele, pai, nem da mãe.

A mãe ficou espantada com a resolução do esposo, mas, conhecedora do seu bom senso, acreditou que ele sabia o que estava fazendo.

Antes de o filho sair, o pai convidou-o para, no dia seguinte, os dois saírem juntos de carro, pois ele gostaria que Marcelo dirigisse o automóvel.

O garoto estava extasiado. Não acreditava no que ouvira. O que aconteceu com seu pai? Há um bom tempo que ele insistia em dirigir, mas o pai sempre negava dizendo que isso só ocorreria quando ele tivesse 18 anos. Ainda faltavam 3 anos, 4 meses e 22 dias!

O dia seguinte foi muito especial para Marcelo. Acordou mais tarde, resolveu faltar ao colégio. Ficou meio sem ter o que fazer, pois todos os seus amigos estavam na aula. Não se importou muito, afinal, estava exercitando a sua "liberdade". Resolveu não almoçar e comer o que seus pais chamam de "porcarias". Curtiu o dia como queria, sem responsabilidades, sem compromissos, apesar de não parecer tão divertido como achou que seria.

Quando seu pai retornou do trabalho, eles saíram juntos. O pai foi dirigindo até o topo de uma ladeira próximo à sua casa. Estacionou o carro bem no alto. Estava muito escuro. Levantou o capô do carro e mexeu em algumas engrenagens, sob o olhar curioso do filho, que nada entendia. Sentou-se no lado do passageiro e disse que ele assumisse o lugar do motorista. Marcelo não se continha de tanta alegria. Finalmente ele aprenderia a dirigir, poderia exercer sua liberdade com plenitude.

Mas, antes do garoto ligar o carro, o pai falou:

— Marcelo, antes que você comece a dirigir eu te aviso que mexi no motor: desliguei as luzes e as engrenagens do freio e da direção.

— Comequiéééé, pai? Ficou maluco??? – protestou.

— Se você quiser — calmamente disse o pai — desceremos juntos a ladeira sem luz, freios e direção.

— Que é isso, pai, de jeito nenhum! Se formos assim nem teremos chance de chegar ao fim da rua, nos esborracharemos antes!

— Assim ocorre conosco, meu filho! Se não tivermos disciplina, organização e orientação, seremos como um carro desgovernado. Os pais servem como a direção, orientando os caminhos mais seguros a seguir. A autodisciplina são os freios que nós mesmos nos colocamos, impedindo uma velocidade exagerada ou uma colisão. Assim, assumimos os nossos compromissos e responsabilidades, mesmo que não sejam os que desejávamos para aquele momento. O farol é a religião. Assim como a luz ilumina os perigos de uma rua escura, a religião ilumina nossos caminhos, mostrando as melhores opções e as consequências das escolhas que fizermos. Ao ligarmos a luz, ou seja, ao nos religarmos a Deus na prática da caridade, da bondade e do amor, teremos a certeza de que chegaremos ao fim da rua, ou seja, à nossa felicidade, o nosso destino.

Marcelo ouviu tudo aquilo atento. Não levou como um "sermão". Claramente seu pai havia lhe mostrado através deste dia diferente que, afinal de contas, não é tão ruim assim ter pais que te educam, uma escola que instrui e uma religião que orienta. Lembrou de alguns colegas seus, com famílias desestruturadas, sem contato algum com Deus, sem obrigações, fazendo o que querem de suas vidas e, pela primeira vez, percebeu que eles não eram felizes, ao contrário, eram muito mais infelizes do que ele.

Enquanto o pai consertava o carro, ele agradeceu silenciosamente a Deus por tudo o que tinha e pelo que havia aprendido. É claro que não disse nada ao pai: seria dar o "braço a torcer" e isso já seria demais. Mas pelo sorriso de satisfação estampado no rosto de Marcelo, seu pai percebeu que aquele dia diferente havia trazido muitas lições importantes ao seu amado filho.

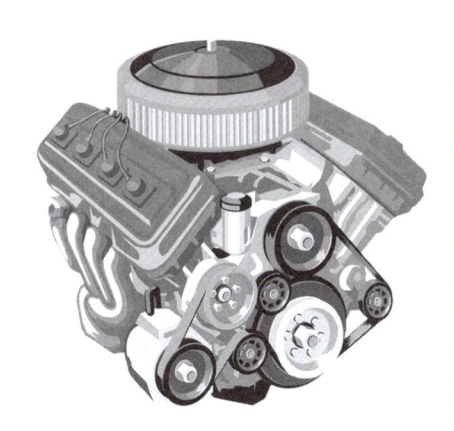

> "O livre-arbítrio se desenvolve à medida que o Espírito adquire consciência de si mesmo..." (O Livro dos Espíritos, questão 122.) "Cresça e apareça" diz o ditado popular que na sua simplicidade pode significar: à medida que o indivíduo amadurece, sua liberdade se expande, proporcionalmente à sua responsabilidade. Isso acontece dentro de uma reencarnação e também em relação ao Espírito imortal, na sua evolução espiritual – Kardec chamou isso de "maturidade do senso moral" (O Evangelho segundo o Espiritismo, cap. 17 item 4).

Linguagem do afeto

Joana estava muito preocupada com o relacionamento da sua filha Luísa com a avó. Elas não se entendiam, estavam sempre discutindo e pareciam duas crianças birrentas. A avó, já avançada na idade, necessitava de muitos cuidados, o que tirava muito o tempo de Joana com Luísa. A menina, por sua vez, era muito ativa e brincalhona, sempre exigindo a presença da mãe nas brincadeiras. Isso criou um ciúme entre as duas e nenhuma atitude era suficiente para contornar o problema. A avó, com esclerose mental, não tinha condições de entender as necessidades da netinha com a mãe. Joana procurou então a compreensão de Luísa para o problema. Como fazer uma criança de quatro anos aceitar dividir o tempo de sua mãe com outra pessoa?

Primeiro explicou das necessidades da vovó, contou-lhe que quando ela, Joana, era pequenina, a vovó a cuidava e dedicava todo o tempo para educá-la. Lembrou-se de um fato na sua juventude em que esteve muito doente e a sua mãe havia ficado por semanas com ela no hospital até ela se curar.

Aquela conversa de certa forma ajudou Luísa a entender um pouco mais a situação, mas mesmo assim o problema não estava resolvido, ela ainda teria que dividir a atenção da mãe.

— Eu odeio a vovó! — disse a menina certa vez, no auge da sua fúria, quando a mamãe se ausentou o dia inteiro, levando sua mãe para vários médicos.

— Não. Não é verdade, você não odeia, você gosta da vovó — tentou convencer D. Joana.

— Eu odeio, sim. Tomara que ela não volte mais...

Joana lembrou que já havia experimentado este diálogo outras vezes e sabia que ele não funcionaria. No método antigo forçaria a criança a dizer que gosta da vovó, mesmo a base de castigos. O aprendizado seria para a criança que, se ela mentisse, não receberia castigo.

Resolveu atuar de outra maneira utilizando a linguagem de afeto. Nesta forma, compreende-se o sentimento do outro, procura-se identificá-lo e auxilia-se também o outro a defini-lo. Resolveu então mudar o rumo do diálogo:

— Querida, imagino como você está se sentindo. Eu sei que você gostaria de passar o dia com a mamãe. Isso não foi possível hoje. Amanhã nós iremos fazer um programa juntas. Realmente, você não é obrigada a gostar da vovó, mas espero que a respeite. Por respeitar a vovó e por amá-la é que a mamãe tem todos esses cuidados com ela. Em vez de brigar, você também poderia ajudar!

> "Honrar a seu pai e sua mãe não consiste apenas em respeitá-los; é também assisti-los na necessidade; é proporcionar-lhes repouso na velhice; é cercá-los de cuidados como eles fizeram conosco na infância." Assim Kardec resume esse dever inalienável dos filhos em relação aos pais em O Evangelho segundo o Espiritismo, cap. 14, item 3.

— É mesmo, mamãe? Eu não vou atrapalhar? O que eu posso fazer?

— Claro que não, querida! Há muitas coisas em que você pode auxiliar...

Na linguagem do afeto e na compreensão dos sentimentos de Luísa, Joana percebeu que a menina se sentia excluída da família, porque não era chamada para cooperar. Agora, sempre que atendia sua mãe, levava Luísa junto, lhe dando pequenas tarefas no cuidado da enferma.

> "A benevolência para com os seus semelhantes, fruto do amor ao próximo, produz afabilidade e doçura, que são as suas formas de se manifestar". Lázaro, em O Evangelho segundo o Espiritismo, cap. 9, item 8.

— Sabe, mãe, não tenho mais ódio da vovó – disse Luísa depois de algum tempo. – Na verdade, eu a amo muito e torço para que ela não vá embora. Quando você ficar velhinha, eu também vou te cuidar, assim como você faz com ela.

Traição

— Nossa! Que título "pesado" para uma história.

— Poderia ser pior: "Isto não merece perdão", por exemplo.

— "Traição" – por que um nome tão trágico assim?

— Eu vou te contar: Lucy e Maysa eram duas meninas extremamente amigas, mais do que irmãs. Eram amigas desde... acho que desde o berço, pois nasceram no mesmo dia e o bercinho de uma ficava próximo do da outra, no hospital. Foram vizinhas na infância, estudavam na mesma escola, mesma sala de aula, nem nas férias se desgrudavam. A ligação era tão forte que quando uma pensava a outra já sabia o que ela queria. Até que...

Um dia Lucy se apaixonou pelo Tony. Ele era "o cara". Bonito, alto, forte, inteligente, "tudo de bom"...

É claro que Maysa foi a primeira a saber. Sabia de todos os planos e sonhos da sua melhor amiga. Lucy sonhou tanto que, quando acordou, Maysa já estava namorando Tony. Isso não é uma tremenda traição? Não merece perdão. Para Maysa, a decepção não foi menor. Tony não era "tudo aquilo" e o namoro não durou mais que algumas semanas. Agora ela não tinha nem amiga, nem namorado. Lucy se sentiu parcialmente vingada e nunca mais olhou para sua ex-amiga. Em resumo, é esta a história que eu quero contar.

— Eu tenho outro título para esta história.

— E qual é?

— "Perdão" ou "Isto também merece perdão".

— Lá vem você com seu "papo" espírita de novo... Como perdoar tão grande traição?

— Ora, tudo merece perdão. Jesus já dizia: perdoar não só sete vezes, mas setenta vezes sete, ou seja, infinitamente.

— Mas e o que fazer com a raiva que ficou?

— É justamente por causa dela que se deve perdoar. Se Lucy se der conta do ódio que carrega dentro dela e o quanto isto a está prejudicando, ela vai ver que não tem outra solução. Você não a percebeu mais mal-humorada, com frequentes dores de cabeça, indisposições estomacais? A mágoa guardada traz problemas, tanto para o Espírito como para o corpo. É como ensina aquele antigo pensamento: guardar ressentimento é como tomar veneno e querer que a outra pessoa morra.

> "Sede indulgentes com as faltas alheias, quaisquer que elas sejam: não julgueis com severidade senão as vossas próprias ações e o Senhor usará de indulgência para convosco, assim como houverdes usado de indulgência para com os outros."
> - O Evangelho segundo o Espiritismo, cap. 10, item 17.

— Então o remédio é simplesmente esquecer?

— Sabemos que não é tão simples assim. Mas o caminho é este e exige esforço e abnegação. Ela pode pensar que a amiga teve um momento de fraqueza e não soube naquele momento valorizar a profunda amizade que tinha, em troca de uma paixão pueril, um amor de verão. Também pode pensar que ela jamais quis magoar ou trair, mas foi levada por uma fragilidade própria. Mesmo que a Maysa não tenha pedido perdão ou se arrependido, Lucy deve perdoá-la porque isso vai fazer muito bem a ela mesma.

Outra possibilidade a ser pensada: será que na reencarnação passada não foi Lucy que decepcionou ou traiu Maysa em alguma situação da vida? A única forma de acabar com este "círculo vicioso" de traição/vingança é alguém dar o primeiro passo em direção ao perdão.

> "Perdoar aos inimigos é pedir perdão para si próprio; perdoar os amigos é dar-lhes uma prova de amizade; perdoar as ofensas é mostrar-se melhor do que era." É Paulo, o apóstolo, quem faz esta advertência em O Evangelho segundo o Espiritismo, cap. 10, item 15.

Dificilmente, mesmo com o perdão, se conseguirá, de início, voltar a se ter uma amizade como era antes. Mas, para começar, não desejar o mal a quem nos prejudicou, nem ficar torcendo para as coisas darem errado, já é um bom princípio. Depois disso, é começar a pensar que ela é um ser humano como todos nós, cheio de imperfeições. Necessita aprender, errar, ser perdoada, ter nova chance... Quando se dá conta, a amizade volta, as mágoas vão embora e vê-se que se está mais maduro, mais consciente.

— Gostei desse novo final para a história, afinal, de tudo se deve tirar uma lição. Vou falar com Lucy... Melhor! Você não quer vir junto comigo?

— É claro que vou. Se eu puder ajudar a reatar uma amizade tão bonita, conta comigo.

— E eu já pensei no novo final da história: "Lucy e Maysa: uma linda história de amizade e perdão".

Com quem você anda?

Fumante há duas décadas, Gerci sofria agora as consequências do seu vício: dificuldades respiratórias, fraqueza física, falta de apetite. Seu irmão Neri e a cunhada Lídia, preocupados com a sua debilidade, convidaram-na para morar com eles. Era uma boa chance de tirá-la da solidão e poder ajudá-la.

Sabendo que os problemas físicos de Gerci se concentravam no hábito do fumo, o irmão e a cunhada empenharam-se em demovê-la do vício, esclarecendo que, desistindo do cigarro, ela poderia voltar a ter uma vida normal e com saúde. Quanto mais eles tentavam convencê-la dos benefícios, mais irritada e arredia aos bons conselhos ela ficava.

Certa vez Lídia, que esporadicamente tinha o dom da vidência,

> "Os médiuns videntes são dotados da faculdade de ver os Espíritos. (...) É preciso distinguir as aparições acidentais e espontâneas da faculdade de propriamente ver os Espíritos." - O Livro dos Médiuns, cap. 14, itens 167/168.

viu ao lado de Gerci o Espírito de um homem em todos os detalhes: vestimenta campeira, baixa estatura, no braço direito um chapéu de barbicacho, no braço esquerdo um pelego apoiado, em que, inclusive, faltava um pedaço. Intuitivamente, Lídia entendeu que deste Espírito vinham vibrações negativas que influenciavam a cunhada para não parar de fumar. Essa era a forma que este Espírito encontrou para sustentar o seu vício, mesmo na Espiritualidade: enquanto Gerci "tragava" a fumaça do cigarro, ele aspirava os "vapores" do tabaco e assim, em "parceria", ambos se satisfaziam no vício.

> "Os Espíritos influem em nossos pensamentos e atos? - Muito mais do que imaginais, pois frequentemente são eles que vos dirigem." Questão 459 de O Livro dos Espíritos.

Convencidos de que somente conseguiriam ajudar Gerci ajudando também o Espírito obsessor,

> "A obsessão é sempre o resultado de uma imperfeição moral, que dá acesso a um Espírito mau" - O Evangelho segundo o Espiritismo, cap. 28, item 81.

procuraram um amigo conhecedor do Espiritismo em busca de auxílio e informação de como deveriam proceder. Seu José, pessoa humilde e bondosa, estudante da Doutrina Espírita, esclareceu que, além do esforço inadiável de Gerci em deixar o cigarro, modificando pensamentos e atitudes, a forma mais correta e eficaz para solucionar o problema era conversar com o Espírito, procurando demovê-lo da influência perniciosa que fazia sobre ela, esclarecendo que, assim, ambos estavam sendo prejudicados e que, desta forma, ele estava inclusive adiando a sua própria felicidade e evolução. Durante os diálogos com o Espírito, este informou que, enquanto a sua vítima acendia um cigarro, ele estendia o pelego no chão, deitava e se deixava impregnar pelas "baforadas" da fumante.

Foram necessários vários encontros para convencê-lo de que esta atitude trazia muita infelicidade a ele, dificultando inclusive o encontro com seus entes queridos no Plano Espiritual até que, finalmente, convencido, prometeu deixá-la, permitindo ser ajudado pelos Espíritos Superiores. Gerci, enquanto isto, era também alertada a educar seus pensamentos e vontades, procurando desta forma desvencilhar-se dos influenciadores negativos.

Algum tempo depois, com muita força de vontade, realmente Gerci abandonou o vício do cigarro, de tal forma que, certa vez, quando um visitante passou pela sua casa e estava fumando, apenas com a aproximação dele, ela sentiu náuseas, tendo que se refugiar no banheiro para não desfalecer: "Não posso mais nem com o cheiro do cigarro" – explicou depois. Viveu ainda muitas décadas com boa saúde vindo a desencarnar, já idosa, por causas naturais.

Essa história retrata com fidelidade como se constituem as companhias espirituais daqueles que se deixam envolver por vícios físicos (tabaco, álcool, drogas...) ou morais (maledicência, ódio, jogo, preguiça...) e como esta influência pode se tornar perniciosa se o indivíduo permitir.

Para abandonar o vício é indicado, portanto, além da boa vontade e esforço da pessoa, o apoio dos familiares, terapias específicas, grupos de mútua ajuda, cuidadores especializados (médicos, psicólogos). Ações que, aliadas à terapêutica espírita (estudo, passes, desobsessão, preces...) e ao conhecimento da realidade espiritual, favorecem o processo de superação das dificuldades.

O jovem de bem

De tempos em tempos aquela turma de amigas se reunia ao final da tarde para conversar. A amizade formada desde a juventude permanecia intacta. Agora casadas, com família constituída e, como coincidência, todas tinham um filho ou uma filha em torno dos três ou quatro anos. Naturalmente o tema da conversa, na roda de chimarrão, pendia para esse viés. Naquela tarde agradável estavam todas a comentar as enormes dificuldades em criar uma criança nos dias atuais, sejam as financeiras, sejam as de gerenciar o tempo na presença do filho ou do desafiador processo de educação moral. A preocupação era comum a todas.

Naquele dia em especial, foi convidada a participar da reunião uma outra mãe, mais madura, que não frequentava aquele grupo, e que já tinha seu filho com idade acima dos 20 anos. Até então escutando o diálogo das companheiras, Márcia foi instigada a dar seu depoimento, pois afinal já havia passado pela fase das crianças pequenas e isso não fora há tanto tempo.

Então Márcia começou a falar: "Pois é, amigas, entendo tudo o que vocês estão sentindo, e com alguns agravantes...

Quando meu filho era da idade do de vocês, meu marido faleceu. Além da dor da perda, da falta do apoio, senti as dificuldades se redobrarem em minha casa. Meu menino, uma criança inteligente e linda, mostrava uma característica muito peculiar desde bem pequeno, que se acentuou após a partida do pai: mostrava-se uma criança muito 'arteira', de difícil controle, parecia que não ouvia as minhas orientações ou, se ouvia, não obedecia. Inclusive passou por muitas situações de perigo por causa disso. Ele não fazia 'maldades', mas era extremamente desobediente. Certa vez atravessou sozinho uma rua muito movimentada com a cabeça encoberta com a blusa... Outra vez, apesar da minha insistência e recomendação, ficou pulando sobre o colchão com uma moeda na boca e, é claro, a engoliu, trazendo um enorme transtorno e preocupação... Vocês devem imaginar a minha aflição enfrentando tudo isso sozinha...

> "Os Espíritos, em se encarnando, trazem com eles o que adquiriram em suas existências precedentes; é a razão pela qual os homens mostram, instintivamente, aptidões especiais, inclinações boas ou más. As más tendências naturais são o resto das imperfeições do Espírito, e das quais não está inteiramente despojado; são também indícios das faltas que cometeu, e o verdadeiro pecado original. Em cada existência deve lavar-se de algumas impurezas." Kardec escreve isso em O Espiritismo em sua mais simples expressão, item 21.

Levei a diversos especialistas para ver se detectavam algum problema com meu filho, mas nada apareceu nos exames. Ao mesmo tempo, ele mostrava uma característica de muita bondade no coração: nas escolas que frequentava era amigo de todos, mas sempre procurava estar próximo daqueles que, por um motivo ou outro, eram os excluídos do grupo ou deixados de lado, procurando incluí-los na turma.

Como espírita, sempre o levei aos encontros de evangelização espírita infantil, o que fazia um enorme bem para ele e para mim, que participava dos grupos de estudo.

Uma noite em que estava me preparando para fazer o Evangelho no Lar, veio uma forte intuição da Espiritualidade: que eu deveria fazer a leitura d'O Evangelho segundo o Espiritismo todas as noites com ele, independentemente de ele estar acordado ou dormindo, de estar brincando ou prestando atenção. E que neste momento deveria ler sempre o mesmo texto: O homem de bem, do capítulo XVII, item 3.

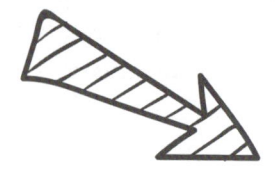

> "O verdadeiro homem de bem é o que cumpre a lei de justiça, amor e caridade, na sua maior pureza. Se ele interroga a consciência sobre seus próprios atos, perguntará a si mesmo se não violou essa lei, se não praticou o mal, se fez todo o bem que podia, se desprezou voluntariamente alguma ocasião de ser útil, se ninguém tem queixa dele; enfim se fez a outrem tudo o que gostaria que lhe fizessem" - e o texto prossegue...

Pareceu-me um pouco estranho, mas assim eu fiz, sem pular praticamente nenhuma noite, durante muitos anos, fazendo sempre a mesma leitura, indicada pelos amigos espirituais. O tempo foi passando, ele foi crescendo e, gradativamente, foi se tornando uma criança mais dócil aos meus conselhos. Foi absorvendo a mensagem consoladora da Doutrina Espírita, acentuando seus naturais atributos bons e diminuindo aquelas características mais difíceis. Hoje, se tornou um jovem responsável, amoroso, que demonstra muitas das qualidades do homem de bem, descritas por Allan Kardec em O Evangelho segundo o Espiritismo, inclusive atuando como evangelizador das crianças na Sociedade Espírita.

Portanto, contei esta história para demonstrar que é possível e está ao nosso alcance auxiliar essas almas, que nesta reencarnação vêm como nossos filhos, a dar um salto evolutivo, ajudando-os a crescer espiritualmente. Acredito que é esse o objetivo maior da maternidade..."

Aquele relato ao mesmo tempo impressionou e acalmou as outras mães, pois elas conheciam e admiravam o jovem de quem estavam falando. Reforçou a importância de algumas ações que elas mesmas já faziam: ter amorosidade, paciência com os pequenos; preocupação com disciplina; incentivo à presença dos filhos nos encontros de evangelização; a prática do Evangelho no lar; preces; passes... Podiam se tranquilizar, mas ficar vigilantes, porque estavam no caminho certo, mas não podiam descuidar de sua missão: transformar suas crianças em jovens de bem e em seres humanos de bem!

> "Os Espíritos dos pais exercem alguma influência sobre os dos filhos após o nascimento deles? - Muito grande. Conforme já dissemos, os Espíritos devem contribuir para o progresso uns dos outros. Pois bem, os Espíritos dos pais têm por missão desenvolver os dos filhos pela educação. Isso constitui para eles uma tarefa: se falharem, serão culpados." O Livro dos Espíritos, questão 208.

Olhos castanhos, olhos azuis

Quando uma criança expõe ideias preconceituosas provavelmente está refletindo a opinião de adultos que a cercam ou traz consigo conceitos próprios das experiências das reencarnações passadas.

> "803 - Todos os homens são iguais perante Deus? - Sim. Todos tendem para o mesmo fim e Deus fez suas leis para todos. Frequentemente dizeis: O Sol brilha para todos, e com isso enunciais uma verdade maior e mais geral do que pensais." Kardec comenta esta questão de O Livro dos Espíritos: Deus não concedeu superioridade natural a nenhum homem, nem pelo nascimento, nem pela morte, diante dele, todos são iguais.

Certa vez, uma professora de uma pequena escola interiorana preocupou-se em demonstrar o quanto é sofrida a discriminação, fazendo uma atividade com seus alunos, uma situação inédita.

Dividiu sua classe em dois grupos, os dos olhos azuis e os dos olhos castanhos. Combinou que, no primeiro dia, os de olhos azuis seriam os seres inferiores. No outro dia os de olhos castanhos seriam os da classe inferior.

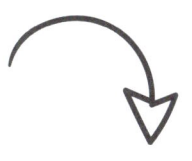

> Todo preconceito beira a irracionalidade, a ignorância e o ódio. Conceituar pessoas pelo seu aspecto físico, cor da pele, religião, orientação sexual, classe socioeconômica ou cultural implica em separar indivíduos entre bons e maus, bonitos e feios, superiores e inferiores, discriminando-os em bases completamente irreais.

Com a concordância de todos, que encararam aquilo como uma brincadeira, a professora ditou as regras do jogo: como os olhos castanhos são superiores, eles terão algumas vantagens, como exclusividade no uso do bebedouro, ocuparão os melhores lugares na classe, terão um recreio maior, preferência nos brinquedos do parque...

Sob o protesto dos de olhos azuis, inferiores, os de olhos castanhos disseram que, por serem "mais inteligentes, mais bonitos, mais saudáveis e espertos", era justo esse privilégio.

Por volta do meio-dia, se notava nitidamente quem pertencia à "raça superior" e quem era da "raça inferior". Amizades se desfizeram, as brincadeiras se tornaram segregacionistas, a tal ponto que as crianças de olhos azuis estavam abatidas e desanimadas. Tudo nelas demonstrava derrota. As outras aparentavam felicidade, superioridade, apesar de sentirem-se assustadas com suas próprias atitudes em relação aos seus "antigos amigos". Foi algo assustador! A professora só não terminou a experiência por ali mesmo porque seria necessário completá-la para o aprendizado.

No dia seguinte, conforme o combinado, os papéis se inverteram. Os de olhos castanhos, agora inferiores, sentiam-se amargurados e infelizes. Os de olhos azuis exerciam seu papel de "seres superiores", felizes, mas, aparentemente, não se mostravam tão mesquinhos como os outros, talvez porque já haviam sentido na pele a discriminação no dia anterior.

No terceiro dia, ocorreu um debate entre a professora e seus alunos com surpreendentes resultados. Alguns relataram que, quando na classe inferior, sentiam-se realmente feios, sujos, incapazes, sem vontade de estudar. Outros, quando superiores, verdadeiramente achavam-se poderosos, acima do bem e do mal, com poderes de humilhar o próximo.

Após encerrar a "brincadeira", sentiu-se um alívio entre todos. As crianças analisaram que nem a cor dos olhos, da pele, a religião que professam, a classe social que pertenciam ou qualquer outro fator justificam a discriminação entre os seres ou indicam a sua índole. Todos devem ser respeitados e amados pelo que são e não pelo que têm ou o que aparentam. Concluíram também que o preconceito é altamente pernicioso, pois contribui para criar e agravar julgamentos preestabelecidos e provocar sofrimentos e dores sem necessidade. O "dia da discriminação" foi repetido todos os anos, com outras turmas, sempre com resultados muito semelhantes.

O preconceito é um sentimento que pode estar adormecido ou ativo dentro de nós. Sendo ele um entrave para o nosso progresso espiritual devemos, através do autoconhecimento, buscar suas raízes e eliminá-lo antes que assuma proporções incontroláveis.

A reencarnação suprime todos os conceitos de castas, raças, nacionalidade, discriminação por causa do sexo, cor, etimologia, etc., pois poderemos reencarnar em qualquer situação neste ou em outro planeta para aprendizado e evolução. Brian Weis

> M.D. (Nova Iorque, 6 de novembro de 1944) é um psiquiatra e escritor norte-americano. Suas pesquisas incluem os temas reencarnação, terapia de vidas passadas, regressão a vidas passadas e sobrevivência do ser humano após a morte.

afirmou certa vez que a maneira mais segura de reencarnarmos em determinada religião, raça ou sexo é demonstrarmos um profundo sentimento discriminatório em relação a ela.

Se quisermos viver em uma sociedade justa e fraterna devemos erradicar a chaga do preconceito, começando o trabalho dentro de nós e do nosso lar.

> "Assim, a diversidade de aptidões entre os homens não provém da natureza íntima da sua criação, mas do grau de aperfeiçoamento a que tenham chegado os Espíritos encarnados neles. Deus, portanto, não criou faculdades desiguais, mas permitiu que os Espíritos em graus diversos de desenvolvimento estivessem em contato, a fim de que os mais adiantados pudessem auxiliar o progresso dos mais atrasados e também para que os homens, necessitando uns dos outros, compreendessem a lei de caridade que os deve unir." Conclui Allan Kardec à questão 805.

Um presente do coração

Esta história aconteceu em Nova York, cidade impressionante sob todos os aspectos e em qualquer tempo. Com a chegada do Natal, ela torna-se avassaladora, com vitrines resplandecendo cores, luzes, consumismo desenfreado. As multidões correm às compras em busca de presentes de última hora.

Nessa época, data em que se comemora o nascimento de Jesus, uma jovem imigrante sofre do mesmo dilema: viera para os Estados Unidos para morar em uma casa americana para estudar, pagando com o próprio trabalho nesse lar uma parte dos custos de estada e agora, agradecida, desejava presentear esta família, sem saber como. Conhecia a realidade deles, possuíam quase tudo que o dinheiro pode dar e nada que pudesse comprar com sua pequena economia faria diferença para eles.

Toda a dúvida e a agitação da cidade fizeram com que, na mente de Mercedes, se formasse uma ideia secreta. Era como se uma voz interna lhe falasse: "É verdade que muita gente nesta cidade tem muito mais que você. Mas, certamente, há muitos que têm muito menos. Se você pensar neles, encontrará uma solução para o problema que te preocupa".

Na véspera do Natal, Mercedes dirigiu-se a uma loja de departamentos e, em meio ao tumulto, escolhendo e rejeitando as coisas mentalmente, comprou o que desejava e que cabia no seu orçamento. Mandou colocar em um papel bem bonito e partiu.

Na rua, desorientada, perguntou ao porteiro de uma loja:

— Desculpe-me, senhor. Poderia me dizer onde encontrar uma rua pobre?

— Rua pobre? — disse o espantado homem. — Certamente encontrará no Harlem

> É um bairro de Manhattan na cidade de Nova Iorque, conhecido por ser um grande centro cultural e comercial dos afro-americanos. Neste tempo, os negros sofriam forte discriminação racial, econômica e social.

ou no Lower East Side.

> Na época, era tradicionalmente um bairro de classe imigrante e operária.

Como a informação estava incompleta, a jovem resolveu perguntar a um guarda onde ficavam esses bairros pobres.

— Esses certamente não são lugares para a senhorita — asseverou o policial, sem maiores explicações.

Desanimada e com frio, chegou a um cruzamento. Ali havia um homem que estava arrecadando roupas e mantimentos para as comunidades carentes. Encorajou-se e novamente perguntou:

— Eu tenho um vestidinho para um bebê pequenino e pobre, o senhor conhece algum?

— Conheço, sim. Infelizmente, mais de um. Se a senhorita aguardar, eu poderei levá-la até ele.

Juntos no táxi, Mercedes contou a sua história, como tinha vindo parar em Nova York e o que estava querendo fazer. Ao chegar ao velho prédio em ruínas, ela olhou com espanto para a miséria do lugar.

— Eles moram no terceiro andar — disse o homem. — Vamos subir?

— Eles iriam querer me agradecer e isto não é um presente meu. Leve-o lá em cima para mim, por favor. Diga-lhes que veio de alguém que tem tudo. — Falou com tanta convicção que o homem não teve outra escolha.

Após agradecer ao senhor que o ajudou, no táxi de volta para casa, ficou imaginando-o subindo até o apartamento, dando o presente, explicando os motivos, "sentiu" a felicidade daquela família, e "viu" o bebê com o novo vestido... Quando chegou ao prédio de apartamentos onde morava na 5ª Avenida, começou a remexer na bolsa.

— Não é nada, moça — falou o motorista. — A senhora já me pagou. Sorriu para ela e partiu.

Na manhã de Natal, após terminar o serviço da casa esperou a família acordar para a troca de presentes. No emaranhado de papéis coloridos e fitas de enfeites, Mercedes agradeceu pelos presentes que recebera. Mais tarde, quando a agitação se acalmou um pouco, ela explicou por que aparentemente não havia presente algum dela para eles. Hesitante, contou toda a história, desde a dúvida do que presentear até o desfecho no final da noite, no bairro pobre.

— Vocês compreendem — acrescentou ela —, eu procurei fazer a caridade em nome de vocês. Este é o meu presente de Natal para vocês...

> "Meus filhos, na máxima: Fora da caridade não há salvação, estão contidos os destinos dos homens na Terra e no céu: na Terra porque à sombra dessa bandeira eles viverão em paz; no céu, porque os que a tiverem praticado acharão graça no Senhor". Paulo, o apóstolo, em O Evangelho segundo o Espiritismo, cap. 15, item 10.

Aos olhos daquela jovem, a família que a recebera era tão ricamente abençoada que nada com que ela viesse a presenteá-los iria fazer diferença em suas vidas. E assim ofereceu-lhes algo de valor muito maior: uma dádiva do coração, um ato de bondade praticado em seu nome!

Pode parecer estranho uma jovem sem "nenhuma importância" para aquela grande cidade conseguir influenciar tantas pessoas! Ao fazer uma pequena doação de ternura ela mexeu com muita gente: ela mesma, o homem da rua, a família carente, o motorista de táxi, a família que a abrigava e todas as pessoas que ficaram sabendo da história.

Assim, ela trouxe à vida das pessoas o verdadeiro espírito cristão do Natal: o espírito de dar e compartilhar sem pensar em si mesmo.

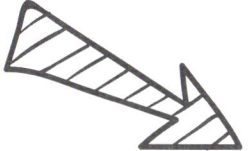

> "A sublimidade da virtude consiste no sacrifício do interesse pessoal, pelo bem do próximo, sem segundas intenções. A mais meritória (das virtudes) é a que se baseia na mais desinteressada caridade." - Ensinamento dos Espíritos Superiores na questão 893 de O Livro dos Espíritos.

Último recado: um mundo dentro de nós...

Foi muito legal estar com você até agora...

Meu desejo é que, realmente, você consiga aproveitar muito bem esta reencarnação que está acontecendo neste instante! Não desperdice nenhum momento, nenhuma oportunidade que a vida te apresenta para aprender, para compartilhar, para ser solidário, para compreender o valor do amor, do respeito e da caridade.

A conquista do mundo começa e termina construindo a paz dentro de nós. Quando Jesus disse "o Reino de Deus está dentro de vós" (Lc 17:21), isso pode ser entendido também desta forma: somos uma multidão, um "reino", resultado de múltiplas experiências reencarnatórias, inúmeras personalidades vividas, cada uma deixando marcas, emoções, sentimentos, aprendizados, derivando no que somos hoje. Conheça-se, pacifique-se, eduque seus desejos, ilumine seus sentimentos, aja no bem e estará transformando o mundo!

Há roteiros que podem nos ajudar nesta jornada, indico dois em especial: leia e estude O Livro dos Espíritos e O Evangelho segundo o Espiritismo. Depois siga no conhecimento da Doutrina Espírita com as demais obras de Allan Kardec. Você não vai se arrepender!!!

Que as histórias que formos construindo ao longo das reencarnações nos identifiquem como verdadeiros cristãos, constituindo-nos como homens e mulheres de bem.

Muita Paz! Uma excelente reencarnação!!!

Bibliografia:

KARDEC, Allan. A gênese, os milagres e as predições segundo o Espiritismo. Rio de Janeiro: FEB, 2009.

_____. A Revista Espírita: jornal de estudos psicológicos: ano oitavo/1865. Rio de Janeiro: FEB, 2004.

_____. O Evangelho segundo o Espiritismo. Rio de Janeiro: FEB, 2011.

_____. O Livro dos Espíritos. Edição Especial. Rio de Janeiro: FEB, 2007.

_____. O Livro dos Médiuns ou Guia dos médiuns e dos evocadores. Rio de Janeiro: FEB, 2008.

_____. O Que é o Espiritismo. Rio de Janeiro: FEB. 2013.